YITIAN HEN CHANG YINIAN HEN DUAN

中国廿四

一天很长 一年很短

林帝浣 著

SPM 南方出版传媒
全国优秀出版社 全国百佳图书出版单位 广东教育出版社
·广州·

图书在版编目（CIP）数据

一天很长，一年很短 / 林帝浣著. —广州：广东教育出版社，2018.1
（中国·廿四）
ISBN 978-7-5548-2025-4

Ⅰ. ①一… Ⅱ. ①林… Ⅲ. ①散文集—中国—当代 Ⅳ. ①I267

中国版本图书馆CIP数据核字（2017）第254108号

责任编辑：邱　方　陈　烨
责任技编：杨启承
装帧设计：黎国泰

出版发行：广东教育出版社
（广州市环市东路472号12-15楼）
邮政编码：510075　网址：http://www.gjs.cn
印刷：广州市岭美彩印有限公司
（广州市荔湾区花地大道南海南工商贸易区A幢）
开本：787毫米×1092毫米　1/32
印张：6.125
字数：61 000字
印次：2018年1月第1版　2018年1月第1次印刷
书号：ISBN 978-7-5548-2025-4
定价：68.00元
质量监督电话：020-87613102　邮箱：gjs-quality@gdpg.com.cn
购书咨询电话：020-87615809

立春

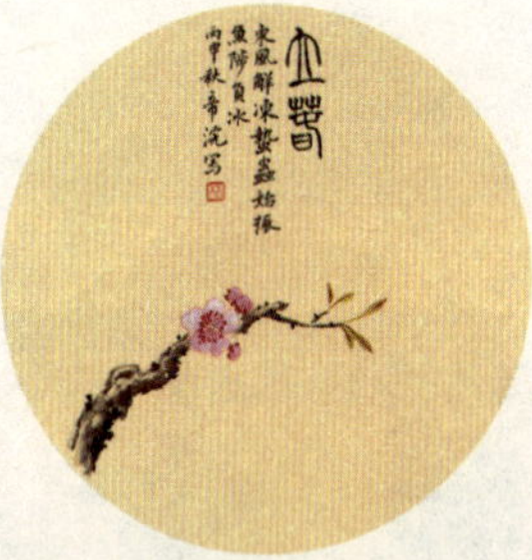

东风解冻，蛰虫始振，鱼陟负冰

立春

寒雨，瘦风，岁晚时候，纷至沓来
余寒未尽的时节，梦如点缀在枝头的寒梅
影是疏疏落落的，香是清清冷冷的
然而春意萌动，茶碗酒壶
在尘影间，清光晕墨的晨曦里
三两声爆竹，素寒轻披，雪花抖落
蛰伏了一冬的绿色，即将破土
冬眠的生灵，也将迎来温润如酥的雨
一朵花开，就是绽开的整个春天
大地将渐渐丰盈，日子也愈发生动鲜活起来

立春

不知细叶谁裁出，二月春风似剪刀

心上無事最上番

丙申秋日
帝鄉作
於嶺南
窗下

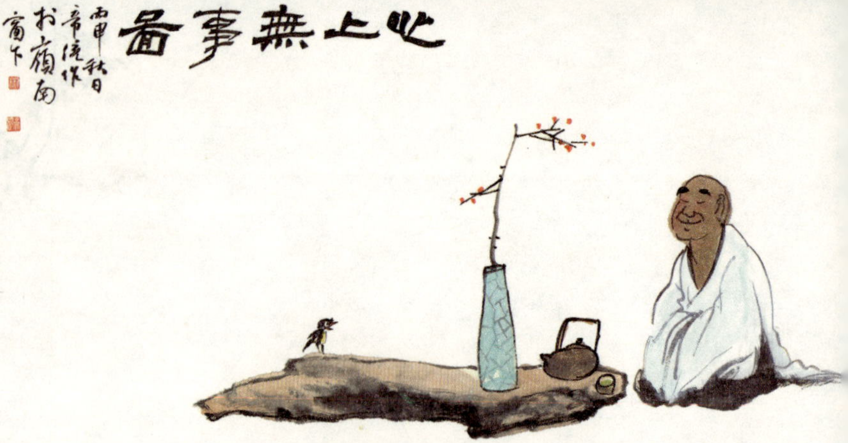

立春

黄鸟啼多春日高

立春三候：“一候东风解冻；二候蛰虫始振；三候鱼陟负冰。”东风送暖，大地开始解冻；蛰居的虫儿们开始苏醒；河里的冰开始融化，鱼到水面上游动，那些没完全溶解的碎冰片，像被鱼背负着浮在水面。

立春

一汀烟雨杏花寒

雨水

獭祭鱼，鸿雁北，草木萌动

雨水

天一生水，东风解冻，散落为雨
你若是名旅人，持伞独行
莫怪这恼人的春雨
春日寒雨，细密缠绵
绿意一点点从下往上，如雾般升腾开去
带着新嫩的鹅黄，在雨中有如洗般的清亮
随风入夜，润物无声
江湖夜雨，一灯如豆
客舍青青，灯前细雨檐花落
恍惚中总觉得，会有故乡的卖花声入梦而来
此际，那雨
分明不是离愁，却点滴到天明

雨水

啼莺舞燕，小桥流水飞红

无穷兴味闲中出，

有得光阴静处消。

雨水

空山无人，水流花开

雨水三候："一候獭祭鱼；二候鸿雁北；三候草木萌动。"水獭开始捕鱼了，将鱼摆在岸边如同先祭后食的样子；大雁开始从南方飞回北方；春雨中，草木开始抽出嫩芽。

雨水

幽丛不盈尺，空谷为谁芳

惊蛰

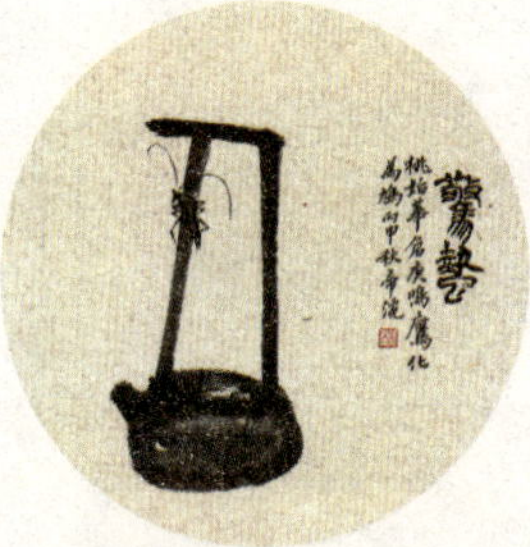

桃始华，仓庚鸣，鹰化为鸠

惊蛰

春雷始动
曾听人说起过
生机萌动，万物舒张
因大音希声，于是发乎为雷
这种破土而出的生机
若化作声音，可不就是春雷
于是，农家的新犁，耙出青翠染柳如烟
燕子回时，水流花开
癫狂的桃花仙人，醒醉半梦
趺坐看酒盏花枝
不见五陵豪杰墓，无花无酒锄作田
那田边
又是一年桃花开

惊蛰

雏既逦迤飞，云间声相呼

惊蛰三候："一候桃始华；二候仓庚鸣；三候鹰化为鸠。"桃李开始开花；黄鹂鸟开始鸣叫；原来满天飞的老鹰也被布谷鸟所代替了。

惊蛰

花梢缺处，画楼人立

江南四月雨晴時蘭葉吐香竹弄
姿蝴蝶不來黃鳥睡小窗風卷落
花絲丙申秋日帝浣作

惊蛰

微雨众卉新，一雷惊蛰始

春分

玄鸟至，雷乃发声，始电

春
分

昼夜均，寒暑平
今朝风日好，出门便是柳漾花潮
春和景明，明艳耀目
经过一冬的枯寂，春似是铆足了力气
开得不可一世的恣意和热闹
燕语如剪莺声圆，遍青山啼红了杜鹃
青梅如豆，蝴蝶纷飞，暖风拂面熏人醉
人间最美二月春
漫长人世光阴，真正值得回忆的
或便是这花乱开的一瞬之美
你转身时，瞬间又落了多少万紫千红

春分

已过春分春欲去

春分三候："一候玄鸟至；二候雷乃发声；三候始电。"燕子从南方飞来了；下雨时天空要打雷并发出闪电。

大地上莺飞草长，小麦拔节，油菜花香。

春分

应惭落地梅花识，却作漫天柳絮飞

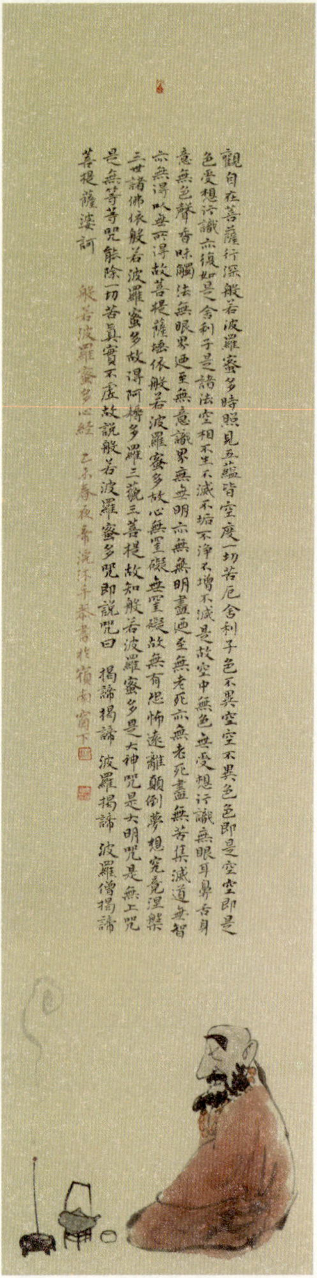
觀自在菩薩行深般若波羅蜜多時照見五蘊皆空度一切苦厄舍利子色不異空空不異色色即是空空即是
色受想行識亦復如是舍利子是諸法空相不生不滅不垢不淨不增不減是故空中無色無受想行識無眼耳鼻舌身
意無色聲香味觸法無眼界迺至無意識界無無明亦無無明盡迺至無老死亦無老死盡無苦集滅道無智
亦無得以無所得故菩提薩埵依般若波羅蜜多故心無罣礙無罣礙故無有恐怖遠離顛倒夢想究竟涅槃
三世諸佛依般若波羅蜜多故得阿耨多羅三藐三菩提故知般若波羅蜜多是大神咒是大明咒是無上咒
是無等等咒能除一切苦真實不虛故說般若波羅蜜多咒即說咒曰 揭諦揭諦 波羅揭諦 波羅僧揭諦
菩提薩婆訶
般若波羅蜜多心經 乙未春夜齋浣沐手恭書於嶺南窗下

春分

晓看红湿处，花重锦官城

清明

桐始华，田鼠化为鴽，虹始见

清
明

万物至此，气清景明
酿酒花莳趣，呼吸草木间
清明时候，等闲春过三分二了
三春之景，至此绚烂已极，却也渐近阑珊
烟雨锁重楼，茶山绿遍阡陌新
都分付这良辰美景奈何天
这偏又是个缅怀追逝的节候
你说你早已经忘记了
然而你偏偏记得
山坡上那束丁香花
是谁洒下如冰的酒，将冷的泪

清明

况是清明好天气，不妨游衍莫忘归

清明三候：“一候桐始华；二候田鼠化为鴽；三候虹始见。”先是白桐花开放；接着喜阴的田鼠不见了，全回到了地下的洞中；然后是雨后的天空可以见到彩虹了。

清明

梨花风起正清明，游子寻春半出城

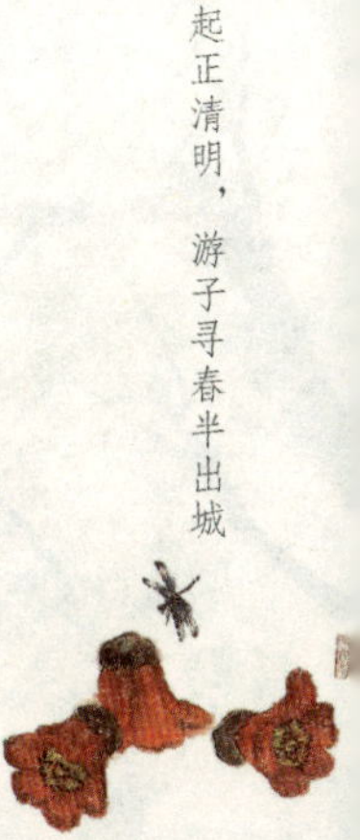

今宵酒醒何处，
杨柳岸，
晓风残月。

清明

落花风度煮茶声

谷雨

萍始生，鸣鸠拂其羽，戴胜降于桑

谷
雨

雨生百谷，清净明洁之时
山间采茶正忙，水田里白鹭飞起
铺笔磨墨，正好画几枝新叶，数笔皴山
浅绛新绿，樱粉杏黄
百转千回的北尾长锋
粉彩信笺晕开了墨浓雨浅
写不成那一窗的荼蘼开晚
苦楝更在荼蘼后
淡紫花儿，吹着细细花序
散发甜香，送春归去
待得楝花飘彻，梅雨过，萍风起
便是一年春宴罢
疏帘外，淡月天如水

谷雨

东风既与花王，芍药须为近侍

春山多勝事賞玩夜忘歸掬水月在
手弄花香滿衣興來無遠近欲去惜
芳菲南望鳴鐘處樓臺深翠微
唐人春山夜月句
丙申秋日林帝浣於嶺南

谷雨

明朝知谷雨，无策禁花风

谷雨三候："一候萍始生；二候鸣鸠拂其羽；三候戴胜降于桑。"谷雨后降雨量增多，浮萍开始生长；布谷鸟开始提醒人们播种了；桑树上开始见到戴胜鸟。

谷雨

掬水月在手，弄花香满衣

立夏

蝼蝈鸣，蚯蚓出，王瓜生

立夏

立夏未满，斗指于东南
蛙鸣声里，满园的瓜果正在努力成长
印象中的初夏
天色总是阴阴的
小巷幽深，花木扶疏
有时骤雨一霎，清溪水满
时有鱼儿跃出水面
守候许久的鹭鸟便会飞扑过来
青梅尚小，油菜结籽
吃蚕豆、斗鸡蛋都是儿时立夏的游戏
正好趁炎夏未至，计划一场未知的远行

立夏

黄梅时节家家雨，

青草池塘处处蛙。

有约不来过夜半，

闲敲棋子落灯花。

初夏，
在等一场，
荷花盛开。

立夏

小荷才露尖尖角

立夏三候：“一候蝼蝈鸣；二候蚯蚓出；三候王瓜生。”随着蝼蛄的鸣叫，夏天的味道浓了；蚯蚓也不耐烦躲在潮湿阴暗的土壤中，出来凑热闹了；王瓜这时已经开始长大成熟了，人们采摘并相互馈赠。

立夏

清风也有轻狂意，经过莲花亦自香

小满

苦菜秀，靡草死，麦秋至

小满

山亭听雨
漫山栀子花散发香气
似乎能听到花瓣舒展的声音
圆荷浮小叶，细麦落轻花
蔷薇将开半开，竹影似动似歇
悄悄话欲语还休
这小得盈满的时节
小满即可，大满即缺
古人果真是智慧
小小的满足，便是大大的幸福
我们真正想要的生活
其实没有那么复杂
大成若缺，知清静是为天下正

小满

葛生蒙楚，蔹蔓于野

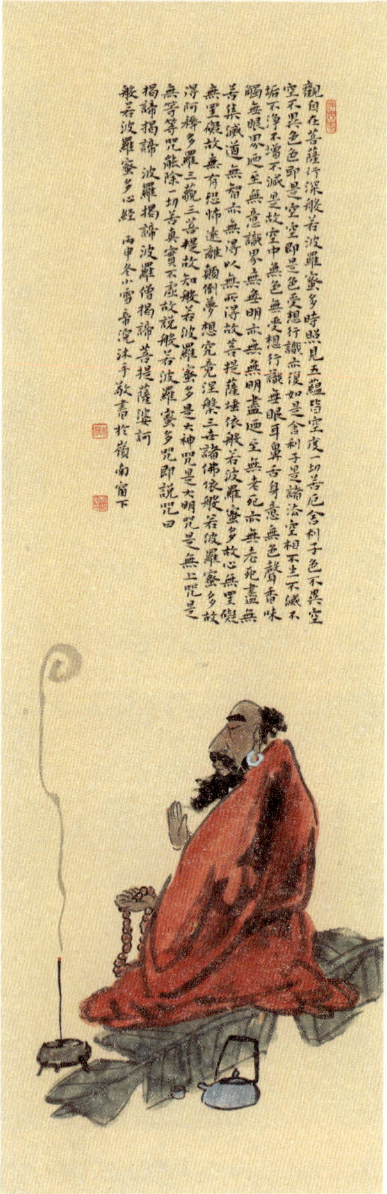
觀自在菩薩行深般若波羅蜜多時照見五蘊皆空度一切苦厄舍利子色不異空
空不異色色即是空空即是色受想行識亦復如是舍利子是諸法空相不生不滅不
垢不淨不增不減是故空中無色無受想行識無眼耳鼻舌身意無色聲香味
觸無眼界乃至無意識界無無明亦無無明盡乃至無老死亦無老死盡無
苦集滅道無智亦無得以無所得故菩提薩埵依般若波羅蜜多故心無罣礙
無罣礙故無有恐怖遠離顛倒夢想究竟涅槃三世諸佛依般若波羅蜜多故
得阿耨多羅三藐三菩提故知般若波羅蜜多是大神咒是大明咒是無上咒是
無等等咒能除一切苦真實不虛故說般若波羅蜜多咒即說咒曰
揭諦揭諦 波羅揭諦 波羅僧揭諦 菩提薩婆訶
般若波羅蜜多心經 丙申冬小雪 希滄沐手敬書於嶺南窗下

小满

满园深浅色，照在绿波中

小满三候："一候苦菜秀；二候靡草死；三候麦秋至。"苦菜已经枝叶繁茂；喜阴的枝条细软的草类在强烈的阳光下开始枯死；麦子开始成熟。

农家从庄稼的小满里憧憬着夏收的殷实。

小满

清和入序殊无暑，小满先时政有雷

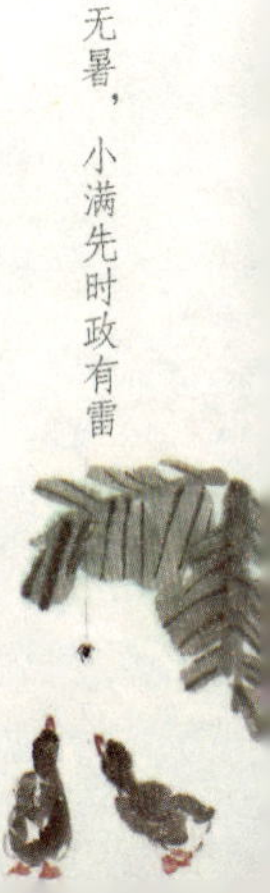

芒种

螳螂生，鵙始鸣，反舌无声

芒种

布谷啼鸣，像是催人耕种与收获
青梅煮酒，小麦黄熟
梅子酒入口酸甜，回味时却有烈烈的辣
从嗓子眼一股脑儿呛到鼻端
六月光芒流转
从瓜架间丝丝缕缕漏下
最相宜的正是雨水
落一场雨，便似服下一剂清凉
天地充实、万物丰满的盛夏
正在降临

芒种

时雨及芒种，四野皆插秧

遠岫見如近千里一窗裏坐
來石上雲乍謂壺中起
歲在丙申之秋帝滄
作於嶺南窗下

芒种

熟梅天气豆生蛾，一见榴花感慨多

芒种三候："一候螳螂生；二候䴗始鸣；三候反舌无声。"螳螂于上一年深秋产卵，到芒种时节，感受到阴气初生而破壳生出小螳螂；喜阴的伯劳鸟开始在枝头出现，并且感阴而鸣；反舌是一种能够学习其他鸟鸣叫的鸟，在芒种之时因感应到了阴气而停止了鸣叫。

芒种

五岭麦秋残，荔子初丹

夏至

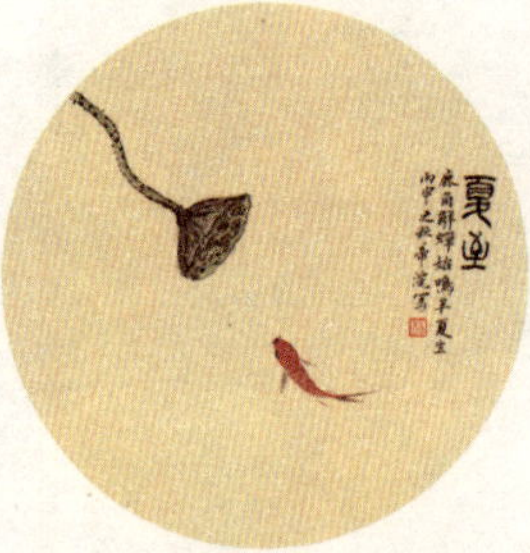

鹿角解，蝉始鸣，半夏生

夏
至

木槿花开，瓜豆满架
稻穗挂地，沏茶熏香
接天莲叶无穷碧，楼台倒影入池塘
夏夜从井里汲水，镇上西瓜
院子里繁星点点
数来数去数不清楚
凉荫下，或是藤椅或是竹席
奶奶的大葵扇
缓缓摇起阵阵清风，助人酣眠
宵漏夜短
夏梦正长

夏至

绿树晚凉鸠语闹，画梁昼寂燕归迟

夏至

东边日出西边雨

夏至三候："一候鹿角解；二候蝉始鸣；三候半夏生。"古人认为，鹿的角朝前生，所以属阳，夏至日阴气生而阳气始衰，所以阳性的鹿角开始脱落；知了在夏至后因感阴气鼓翼而鸣；半夏在仲夏的沼泽地或水田中生长。

夏至

绿筠尚含粉，圆荷始散芳

小暑

温风至，蟋蟀居壁，鹰始击

小暑

家乡的小暑，田里蓄满了水
找一张小网，召集几个小伙伴
牵网赶鱼忙乎上半天
一身泥水捧着不易得的几条小鱼跑回家
往往得到的是老妈的一顿呵斥
后来回乡，每当小朋友们满脸泥巴
捧着鱼飞奔
然后传来邻居阿姨的叫骂
就知道是炎热小暑的季节到了

小暑

风定莲池自在香

枕上詩書閑處好門前風雨晚來佳
丁酉之夏

小暑

青青树色傍行衣，乳燕流莺相间飞

小暑三候："一候温风至；二候蟋蟀居壁；三候鹰始击。"小暑日后，大地上便不再有一丝凉风，所有的风中都带着热浪；由于炎热，蟋蟀离开了田野，到庭院的墙角下避暑热；杀气未肃，鸷猛之鸟始习于击，迎杀气也。

小暑

竹喧先觉雨，山暗已闻雷

大暑

腐草为萤，土润溽暑，大雨时行

大暑

季候风如期而至
溽热难熬的光景里
西瓜成了最热销的食物
印象深刻的，是陕北的西瓜
沙瓤清甜，只需轻轻一拳
便会砰的裂开
至于南方多雨地区的西瓜
便多不中吃，连瓜色也不够奔放热烈
炎夏季节，吃冷面，喝苦瓜汁
正好幽游静思
或许可以抄一阕东坡居士的洞仙歌
致虚极，守静笃，清凉自生

大暑

水晶帘动微风起，满架蔷薇一院香

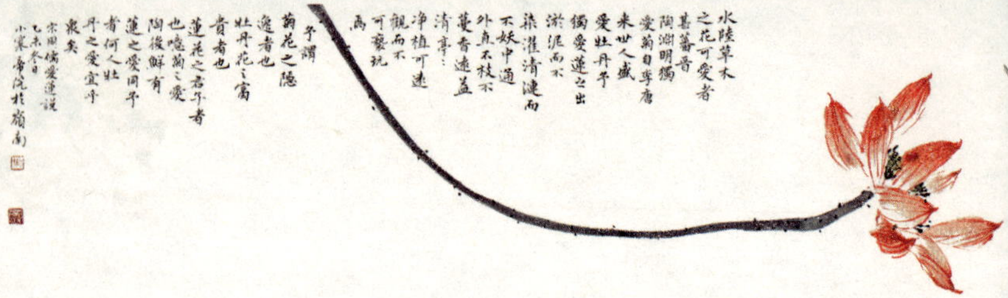
水陸草木之花可愛者甚蕃晉陶淵明獨愛菊自李唐來世人盛愛牡丹予獨愛蓮之出淤泥而不染濯清漣而不妖中通外直不枝不蔓香遠益清亭亭净植可遠觀而不可褻玩焉
予謂菊花之隱逸者也牡丹花之富貴者也蓮花之君子者也噫菊之愛陶後鮮有蓮之愛同予者何人牡丹之愛宜乎衆矣
宋周敦頤愛蓮說
乙未冬日

大暑

眼前无长物，窗下有清风

大暑三候："一候腐草为萤；二候土润溽暑；三候大雨时行。"大暑时，萤火虫卵化而出，所以古人认为萤火虫是腐草变成的；天气开始变得闷热，土地也很潮湿；时常有大雷雨出现，天气开始向立秋过渡。

大暑

君看百谷秋，亦自暑中结

立秋

凉风至，白露降，寒蝉鸣

立

秋

苹花渐老，梧叶飘黄，暑去凉来
一叶落而知天下秋
秋，揪也，物于此而揫敛也
清商时序，万物收敛
葡萄满架，秋社雅聚，七月食瓜
然长夏未尽，流萤明灭几度
银河星汉，卧看牵牛织女星
只待凉风一夜至
满阶梧叶月明中

立秋

自古逢秋悲寂寥，我言秋日胜春朝

立秋三候："一候凉风至；二候白露降；三候寒蝉鸣。"刮风时人们会感觉到凉爽，此时的风已不同于暑天中的热风；早晨大地上会有雾气产生；秋天的寒蝉也开始鸣叫。

立秋

睡起秋声无觅处，满阶梧叶月明中

霜落荊門江樹空布帆無恙掛秋
風此行不爲鱸魚膾自愛名山入剡
中李白秋下荊門丙申秋帝流

立秋

霜叶红于二月花

處暑

鹰乃祭鸟，天地始肃，禾乃登

處暑

秋日里，时而会想，何谓之秋
年岁渐长，答案渐渐分明起来
离人心上秋，是愁
禾谷熟且登才是秋呢
栗子初熟，鱼虾肥美
正好秋膘贴起
一锅久煮的老鸭冬瓜汤
润脾养肺，让心境清明
性情收敛，不愠不火
“秋风日紧，珍重添衣”
不知长别之际
织女是否也是这般叮嘱牛郎

處暑

处暑无三日，新凉直万金

處暑

疾风驱急雨，残暑扫除空

处暑三候：“一候鹰乃祭鸟；二候天地始肃；三候禾乃登。”老鹰开始大量捕猎鸟类；天地间万物开始凋零；黍、稷、稻、粱等农作物已经成熟。

處暑

露蝉声渐咽，秋日景初微

白露

鸿雁来，玄鸟归，群鸟养羞

白露

白棉满缀，石榴挂枝，夜寒日燥
雾霭积重，茫茫而下，露凝而白
时而有雨，携着渐深的秋意泼洒
枕上诗书闲处好，门前风景雨来佳
五谷杂粮，几蒸几煮，酿成乡间米酒
小酌即醉
那终日向人多蕴藉的，是木樨幽芳
老去的芙蓉，也不见人涉江去采
饮罢一杯白露茶
无事熏香，晴窗临帖，灯下夜读
蒹葭苍苍，白露为霜
不觉秋夜长

白露

白露团甘子，清晨散马蹄

相见亦无事不来忽忆君
丁酉之夏
辛浣作

白露

满园生永夜，渐欲与霜同

白露三候："一候鸿雁来；二候玄鸟归；三候群鸟养羞。"白露节气，正是鸿雁与燕子等候鸟南飞避寒的时候，百鸟开始贮存干果粮食以备过冬。

白露

秋风何冽冽，白露为朝霜

秋分

雷始收声，蛰虫培户，水始涸

秋分

丹桂飘香，柿子红熟
冬麦初收，甜枣满仓
今日后，昼渐短，夜渐长
一夜雨，一阵凉
登高望远，千山尽染
水落潮平，万物归根
杨，柳，槐，枫，楝，杉，银杏，梧桐
木叶萧萧而下
数树深红出浅黄
渐变出再丰富不过的色彩层次
北雁南归时候，秋水长天一色
一年好景君须记
秋高气爽正当时

秋分

金气才分向此朝，天清林叶拟辞条

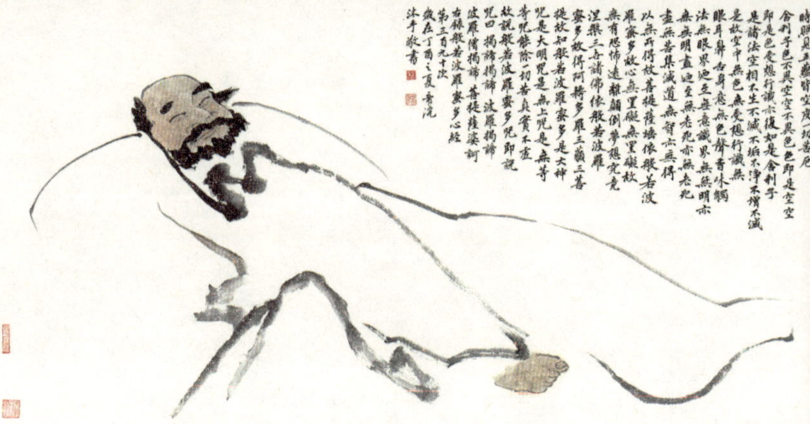
時照見五蘊皆空度一切苦厄
舍利子色不異空空不異色色即是空空
即是色受想行識亦復如是舍利子
是諸法空相不生不滅不垢不淨不增不減
是故空中無色無受想行識無
眼耳鼻舌身意無色聲香味觸
法無眼界乃至無意識界無無明亦
無無明盡乃至無老死亦無老死
盡無苦集滅道無智亦無得
以無所得故菩提薩埵依般若波
羅蜜多故心無罣礙無罣礙故
無有恐怖遠離顛倒夢想究竟
涅槃三世諸佛依般若波羅
蜜多故得阿耨多羅三藐三菩
提故知般若波羅蜜多是大神
咒是大明咒是無上咒是無等
等咒能除一切苦真實不虛
故說般若波羅蜜多咒即說
咒曰揭諦揭諦 波羅揭諦
波羅僧揭諦 菩提薩婆訶
右錄般若波羅蜜多心經
第三百九十次
歲在丁酉之夏 青沅
沐手敬書

秋分

旦夕秋风多，衰荷半倾倒

秋分三候：“一候雷始收声；二候蛰虫培户；三候水始涸。”古人认为雷是因为阳气盛而发声，秋分后阴气开始旺盛，所以不再打雷了；蛰居的小虫开始藏入穴中，并且用细土将洞口封起来以防寒气侵入；由于天气干燥，湖泊与河流中的水量变少，一些沼泽及水洼处于干涸状态。

秋分

金气秋分，风清露冷秋期半

寒露

鸿雁来宾，雀入大水为蛤，菊有黄华

寒露

熟黄鲜美的闸蟹，佐以绍兴陈年的黄酒
就着东篱黄花，可图一醉
重阳已不再是遍插茱萸的重阳
客子却仍是漂泊天涯的客子
竹几一灯人做梦，嘶马谁行古道
清晨醒来，扶着宿醉发痛的额头
自笑一句：中年怀抱，与秋俱老
山间霜结，水边雾漫
时而不知此身何处
但寒凉的天气和泛白的天色哪里都是一样
就如登高一望，阡陌万千也都一样
牵牛数朵青花小
所幸秋太淡，添红枣

寒露

家在洞水西，身做兰渚客

寒露

寒寒树栖鸦，露露水中花

寒露三候："一候鸿雁来宾；二候雀入大水为蛤；三候菊有黄华。"鸿雁大举南迁；深秋天寒，雀鸟都不见了，古人看到海边突然出现很多蛤蜊，并且贝壳的条纹及颜色与雀鸟很相似，所以便以为是雀鸟变成的；此时菊花也已怒放。

寒露

新开寒露丛，远比水间红

霜降

豺乃祭兽，草木黄落，蛰虫咸俯

霜降

至霜降时候，冬已近
秋阴未散，寒霜飞上枯荷
百草衰败，如有风刀严相逼
冷露横江，晨起，地上也是霜白一片
遥远的北方，秋收已毕
就连耐寒的葱，也不会再生长
南方的土地，也开始了最后的作物收割
耕翻整地之后
种上来年的油菜
到得明年春天，就是漫山遍野的油菜花
这时节
咬一口熟透了的柿子
喝一口浓浓的普洱
秋将逝

霜降

霜降三旬后，蓂馀一叶秋

中庭地白樹棲
鴉冷露無
聲濕桂花
今夜月明人盡
望不知秋思落
誰家

霜降

秋阴不散霜飞晚，留得枯荷听雨声

霜降三候："一候豺乃祭兽；二候草木黄落；三候蛰虫咸俯。"关于第一候，一种说法是，人们在这个节气中捕获猎物，以兽祭天；另一种说法是，豺狼将捕获的猎物先陈列，之后再食用。随后，在黄河流域，树叶开始枯黄掉落。蛰虫也开始伏在洞穴中，准备冬眠。

霜降

暮色秋烟重，寒声牖叶虚

立冬

水始冰，地始冻，雉入大水为蜃

立冬

秋收冬藏，一年冬信，便是万物归贞了
煨在炉中的羊汤和烫在壶里的烧酒
味厚，热烫，可抵御冬日的严寒
春初早韭，岁末晚菘
晚菘就是初冬的大白菜，也是极应季的
开始慢慢荒寂的是田地
荒寂中留给人们岁晚时候的余闲
于是再烫一壶酒，再煨一锅汤
围炉热热闹闹地说半席话
窗外月色晦暗，朔风渐紧
管他呢

立冬

小春此去无多日，何处梅花一绽香

觀自在菩薩行深般若波羅蜜多時照見五蘊皆空度一切苦厄舍利
子色不異空空不異色色即是空空即是色受想行識亦復如是舍利子是諸法
空相不生不滅不垢不淨不增不減是故空中無色無受想行識無眼耳鼻舌身
意無色聲香味觸法無眼界乃至無意識界無無明亦無無明盡乃至無老死
亦無老死盡無苦集滅道無智亦無得以無所得故菩提薩埵依般若波
羅蜜多故心無罣礙無罣礙故無有恐怖遠離顛倒夢想究竟涅槃三世
諸佛依般若波羅蜜多故得阿耨多羅三藐三菩提故知般若波羅蜜多
是大神咒是大明咒是無上咒是無等等咒能除一切苦真實不虛故說般
若波羅蜜多咒即說咒曰
揭諦揭諦 波羅揭諦 波羅僧揭諦 菩提薩婆訶
右錄般若波羅蜜多心經第三百八十八遍
歲在丁酉之夏芒種時節 流沐手敬書於嶺南樾下

立冬

门尽冷霜能醒骨，窗临残照好读书

立冬三候："一候水始冰；二候地始冻；三候雉入大水为蜃。"水已经能结成冰；土地也开始冻结；立冬后，野鸡一类的大鸟便不多见了，而海边却可以看到外壳与野鸡的线条及颜色相似的大蛤，所以古人认为雉到立冬后便变成大蛤了。

立冬

兴来醉倒落花前

小雪

虹藏不见，天气上升地气下降，闭塞而成冬

小雪

地寒冰封，雨凝为雪
阳光晴好时，腊肠腊鱼腊肉高高挂起
待到第一场雪飘起
北方煮好了饺子
南方的雪白糍粑也正好出炉
孩子们举着冰糖葫芦奔跑
笑声有跟天边咸蛋黄的日落相似的质感
这时节
檐下负暄，煮酒读书
只等那
一场初雪，三两梅花
来赴旧约

小雪

久雨重阳后，清寒小雪前

七碗受至味一壶得真趣空持千百偈不如喫茶去

小雪

片片互玲珑，飞扬玉漏终

小雪三候："一候虹藏不见；二候天气上升地气下降；三候闭塞而成冬。" 由于气温降低，北方以下雪为多，不再下雨了，雨虹也就看不见了；又因天空阳气上升，地下阴气下降，导致阴阳不交，天地不通；所以天地闭塞而转入严寒的冬天。

小雪

愁人正在书窗下，一片飞来一片寒

大雪

鹖旦不鸣，虎始交，荔挺出

大
雪

瑞雪飘飘，舟楫闲泊
万物眠去，一片枯寂里，孕育着来年的丰收
厚厚的雪，覆盖了世间所有的污浊
天清地静，山河冷落
远方路滑难行
四下雪花自顾地漫天飞舞
无声无息
落在土地上，被踩踏成泥
而后蒸发
来年落下，还是一样洁白的雪
抖落霜雪，回看身后万水千山
客居的旅馆里，浊酒一杯
人生宜向醉中看

大雪

青箸小壶冰共裹，寒灯新茗月同煎

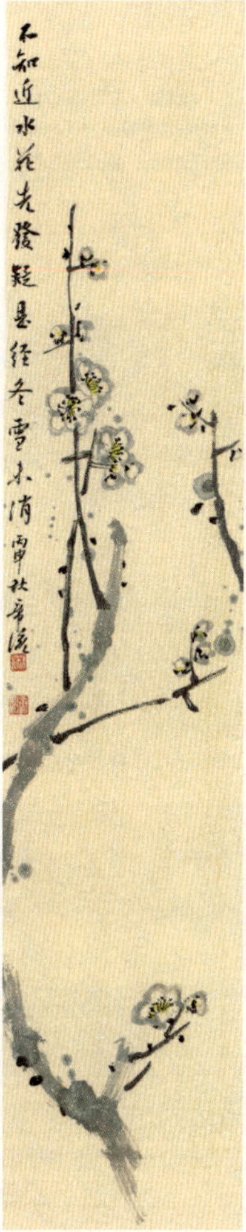
不知近水花先發疑是經冬雪未消
丙申秋

大雪

孤舟蓑笠翁，独钓寒江雪

大雪三候："一候鹖旦不鸣；二候虎始交；三候荔挺出。"此时因天气寒冷，寒号鸟也不再鸣叫了；此时是阴气最盛时期，所谓盛极而衰，阳气已有所萌动，老虎开始有求偶行为；"荔挺"为兰草的一种，在大雪时节感到阳气的萌动而抽出新芽。

大雪

六出飞花入户时，坐看青竹变琼枝

冬至

蚯蚓结，麋角解，水泉动

冬至

终藏之气，至此而极
冬至，是一年中最重要的节气了
周汉年代，这就是正月，是一年伊始
即便到了唐宋，帝王也需在此日至京郊祭天
即便今日，没了这些习俗
但一到冬至，家中炉火温暖
水饺扑腾腾下了锅
母亲总守在桌旁，翘首企盼着游子的归来
也是时候，填一张九九消寒图了
庭前垂柳珍重待春风
一日一笔，一直写到春暖花开
风雨如晦，新年将至
来日绮窗寒梅发几枝
举杯踌躇，故人安否

冬至

天时人事日相催，冬至阳生春又来

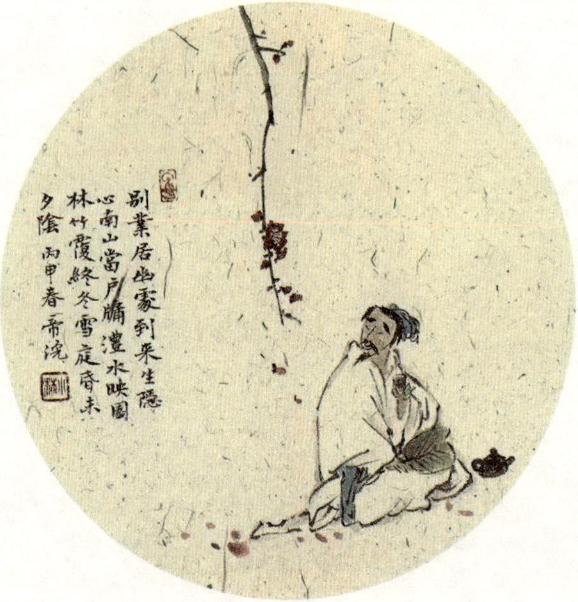
別業居幽處到來生隱
心南山當戶牖灃水映園
林竹覆經冬雪庭昏未
夕陰 丙申春

冬至

葵影便移长至日，梅花先趁小寒开

冬至三候：“一候蚯蚓结；二候麋角解；三候水泉动。”传说蚯蚓是阴曲阳伸的生物，此时阳气虽已生长，但阴气仍然十分强盛，土中的蚯蚓仍然蜷缩着身体；麋与鹿同科，却阴阳不同，古人认为麋的角朝后生，所以为阴，而冬至一阳生，麋感阴气渐退而解角；由于阳气初生，所以此时山中的泉水可以流动了。

冬至

不是一番寒彻骨，争得梅花扑鼻香

小寒

雁北乡，鹊始巢，雉雊

小寒

九寒隆冬，至此为盛
最严寒的深冬里，花信却赴约而至
梅花点点，清枝萧疏，幽香岑寂
而后有山茶，艳丽里一股子刚强劲
腊味煨成八宝饭
羊肉汤里放入当归
年糕香嫩，粉条爽滑
不经意间，一片热闹里，忽觉清淡香气
是案上水仙绽放
哦，年节将至了

小寒

莫怪严凝切，春冬正月交

小驛孤城舊夢荒花開花落自
尋常寒爐殘雪寒吹窗紙有梅
花醉我狂 白石翁句 丙申秋帝流

小寒

小寒惟有梅花饺，未见梢头春一枝

小寒三候："一候雁北乡；二候鹊始巢；三候雉雊。"古人认为候鸟中大雁顺阴阳而迁移，此时阳气已动，所以大雁开始向北迁移；北方到处可见到喜鹊开始筑巢；雉在接近四九时会感阳气的生长而鸣叫。

小寒

辛苦孤花破小寒，花心应似客心酸

大寒

鸡乳，征鸟厉疾，水泽腹坚

大

寒

气极寒，瑞香满，兰花发，山矾开
大寒时候开的花儿
大都并没有醒目的花盘，却香气浓郁
似是从严寒里挣出来，拼尽气力要唤春归
最冷的严冬里，是春回的花信
就好像最深的长夜里，将至的曙光
岁晚灯火，处处归心
无论挤在车厢里，堵在公路上，困在办公室
还是已望见家门前的小路、灯火或一树梅花
每个人都有一个过年回家的梦
总有一些地方，一些人
在一直等你
让你毫不犹豫，踏上遥远归途

大寒

旧雪未及消，新雪又拥户

茶鼎夜烹千古雪花影晨动九天风
丙申秋帝德作

大寒

际海烟云常惨淡，大寒松竹更萧骚

大寒三候："一候鸡乳；二候征鸟厉疾；三候水泽腹坚。"到大寒节气便可以孵小鸡了；而鹰隼之类的征鸟，正处于捕食能力极强的状态中，盘旋于空中到处寻找食物，以补充能量抵御严寒；水域中的冰一直冻到水中央，且最结实、最厚。

大寒

茶鼎夜烹千古雪，花影晨动九天风

入簾花氣琴書潤
丙申夏日小林作